magie bleue

Aux moments magiques… - L.C.
Pour Zack et Zoey - C.P.

Catalogage avant publication
de Bibliothèque
et Archives nationales
du Québec et Bibliothèque
et Archives Canada

Chartrand, Lili

Magie bleue

Pour enfants de 3 ans et plus.

ISBN 978-2-89686-653-3

I. Parigot, Cécile, 1982- . II. Titre.

PS8555.H4305M33 2014   jC843'6
C2013-942263-3   PS9555.H4305M33 2014

Chargée de projet : Françoise Robert

Directrice artistique : Marie-Josée Legault

Réviseure linguistique : Valérie Quintal

Graphiste : Nancy Jacques

© Les éditions Héritage inc. 2014
Tous droits réservés
Dépôt légal : 1er trimestre 2014

Bibliothèque et Archives
nationales du Québec
Bibliothèque et Archives Canada

Dominique et compagnie
300, rue Arran, Saint-Lambert
(Québec) J4R 1K5
Téléphone : 514 875-0327 ;
Télécopieur : 450 672-5448
Courriel : dominiqueetcompagnie@
editionsheritage.com
www.dominiqueetcompagnie.com

Imprimé en Chine

Nous reconnaissons l'aide financière
du gouvernement du Canada
par l'entremise du Fonds du livre
du Canada et par le Conseil des Arts
du Canada.

Nous reconnaissons l'aide financière
du gouvernement du Québec
par l'entremise du Programme
de crédit d'impôt – SODEC –
Programme d'aide à l'édition de livres.

Lili Chartrand
Cécile Parigot

magie bleue

dominique et compagnie

Adèle passe la nuit chez mamie Lou.
Avant de se coucher, elles jouent
aux cartes sur le canapé.
Mamie Lou perd toutes les parties,
ce qui ne lui arrive jamais.
Adèle remarque alors
des cernes sous ses yeux.

— Tu as l'air fatigué, mamie.
Tu penses trop à papi ?

— Il me manque beaucoup,
c'est vrai, soupire-t-elle.
C'était un homme plein de surprises !
Mais si j'ai du mal à dormir,
c'est qu'il se passe des choses
étranges dans ma chambre
depuis quelques nuits…

Adèle sourit. Elle adore
les mystères !

Mamie Lou entraîne Adèle à la cuisine et lui montre un verre qu'elle a gardé au réfrigérateur.

– Papi avait un rituel avant d'aller au lit, explique-t-elle. Il buvait un verre de lait et croquait des biscuits. Mais il s'endormait toujours avant de terminer sa collation préférée ! J'ai pris moi aussi cette habitude, en souvenir de lui. Or, depuis trois nuits, quand je me réveille au petit matin, les biscuits que je n'ai pas mangés ont disparu…

– … et le lait qui reste dans ton verre est bleu ? en déduit Adèle. Ça alors !

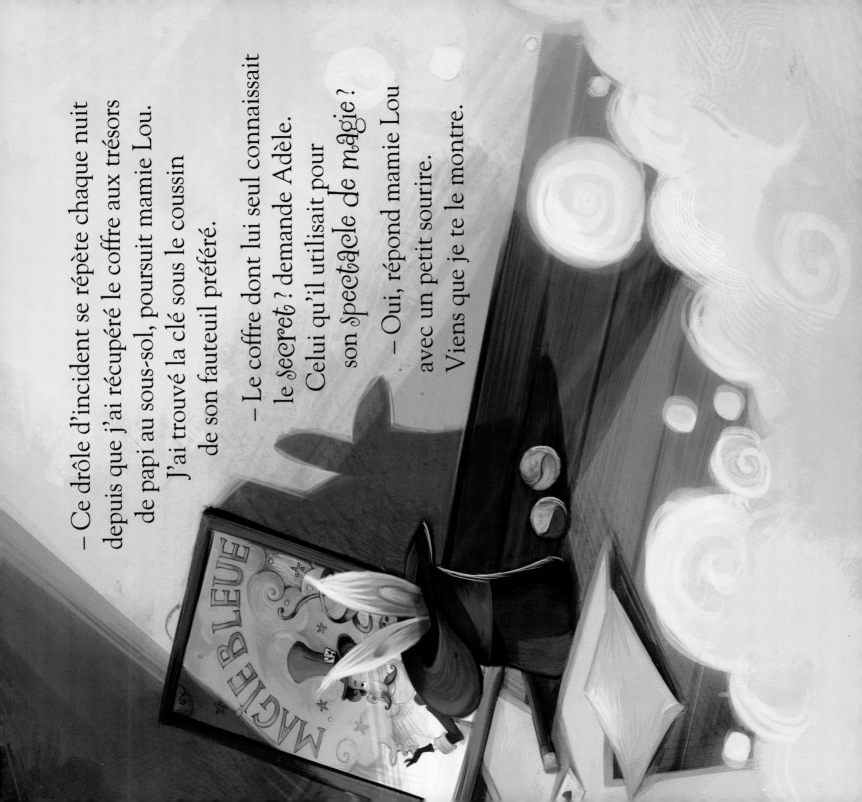

– Ce drôle d'incident se répète chaque nuit depuis que j'ai récupéré le coffre aux trésors de papi au sous-sol, poursuit mamie Lou.

J'ai trouvé la clé sous le coussin de son fauteuil préféré.

– Le coffre dont lui seul connaissait le secret ? demande Adèle. Celui qu'il utilisait pour son spectacle de magie ?

– Oui, répond mamie Lou avec un petit sourire. Viens que je te le montre.

Dans la chambre de mamie Lou, Adèle soulève le couvercle du fameux coffre aux trésors.

À son grand étonnement, elle n'y découvre que de vieux jouets : un ourson, un cheval, une ballerine et un soldat de plomb.

— Il y a aussi une poupée et un arlequin, précise mamie Lou. Je les ai posés sur mon étagère.

— Le coffre n'a pas de double fond, constate Adèle, déçue. Qu'a-t-il de si secret ?

Adèle délaisse le coffre pour examiner la pièce.

« Quelqu'un doit se cacher ici la nuit venue... » se dit-elle. Mais il n'y a aucun espace libre sous le lit, la garde-robe est pleine à craquer, et la fenêtre est bien verrouillée.

« Le lait ne devient quand même pas bleu par magie ! » songe Adèle, ahurie.

Tout à coup, la fillette aperçoit quelques miettes de biscuits sur la moquette. Puis, elle remarque deux petites traces bleu pâle et parallèles qui traversent le tapis blanc.

« On dirait des traces de pneus, pense-t-elle. Bizarre... »

— Au lit, il se fait tard ! déclare alors mamie Lou.

Qui sait, ta présence chassera peut-être cet étrange visiteur...

Dans la chambre d'amis,
Adèle se tourne et se retourne
dans son lit. Elle se creuse
la tête pour trouver la clé
de ce mystère.
« C'est peut-être juste
une souris qui grignote
les biscuits, songe-t-elle.
Dans ce cas, qui boit le lait ?
Pourquoi devient-il bleu ?
Et ces traces sur le tapis,
d'où viennent-elles ? »

C'est alors que mamie
Lou surgit.
— Je t'ai entendue bouger,
dit-elle. Tu réfléchis encore
à ce mystère, n'est-ce pas ? N'oublie
pas que le sommeil porte conseil…
— Tu as raison. Bonne nuit, mamie !
lui souhaite Adèle.

— Fais de beaux rêves, ma petite
détective chérie !

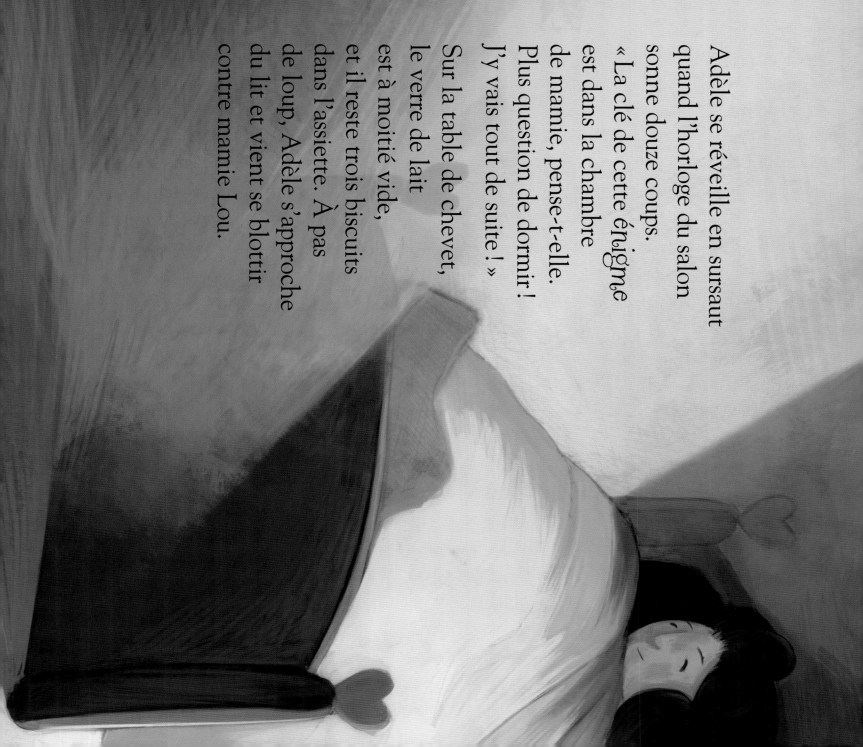

Adèle se réveille en sursaut
quand l'horloge du salon
sonne douze coups.
« La clé de cette énigme
est dans la chambre
de mamie, pense-t-elle.
Plus question de dormir !
J'y vais tout de suite ! »

Sur la table de chevet,
le verre de lait
est à moitié vide,
et il reste trois biscuits
dans l'assiette. À pas
de loup, Adèle s'approche
du lit et vient se blottir
contre mamie Lou.

À l'affût, Adèle entend soudain un petit bruit qui provient… de l'étagère. Bouche bée, elle voit alors l'arlequin et la poupée qui dégringolent du meuble, et grimpent sur la table de chevet.

« Voilà donc le secret de papi : ses jouets sont magiques ! songe la fillette, émerveillée. Ils ne peuvent pas résister à sa collation favorite ! »

L'arlequin s'assoit près de l'assiette,
s'empare d'un biscuit et le grignote.
Des miettes tombent sur le tapis.

La grande poupée, elle, se penche pour boire
le lait à la paille. Ses longues tresses bleues
baignent dans le liquide,
qui change aussitôt de couleur.

« Les traces sur le tapis proviennent donc
de ses tresses qui dégoulinent de lait
quand elle retourne à l'étagère ! »
en conclut Adèle.

Soudain, Adèle entend un léger craquement.
Les yeux ronds, elle aperçoit le coffre qui s'entrouvre.
Les jouets en sortent un à un et rejoignent leurs amis.
« Je dois réveiller mamie, sinon
elle ne me croira jamais ! » pense Adèle.
– Mamie, murmure-t-elle à son oreille.
Réveille-toi !

La ballerine grimpe alors sur le lit et souffle
au visage d'Adèle une fine pluie de poussière bleue.
La fillette s'endort sur-le-champ.

Au petit matin, Adèle se réveille
à côté de mamie Lou. Elle remarque
qu'il ne reste qu'un fond de lait bleu
et aucun biscuit...

« Je n'ai donc pas rêvé ! » se dit-elle, enchantée.

Elle se lève et jette un coup d'œil sur l'étagère et dans le coffre. Tous les jouets ont repris leur place. Cependant, Adèle note que la ballerine a perdu un chausson. « Bizarre, je ne le vois nulle part... » pense-t-elle.

Mamie Lou
s'éveille à son tour.
Adèle lui dévoile
aussitôt la clé
du mystère.

– Je te jure sur la tête de papi que c'est vrai !

– Je te crois, déclare la vieille dame, les yeux brillants. Tu sais, papi était un grand magicien. Si on fêtait ça avec des crêpes au sarrasin ?

Adèle est enchantée, c'est son petit-déjeuner préféré ! Alors qu'elles se dirigent vers la cuisine, la fillette s'arrête devant le salon en poussant un cri.

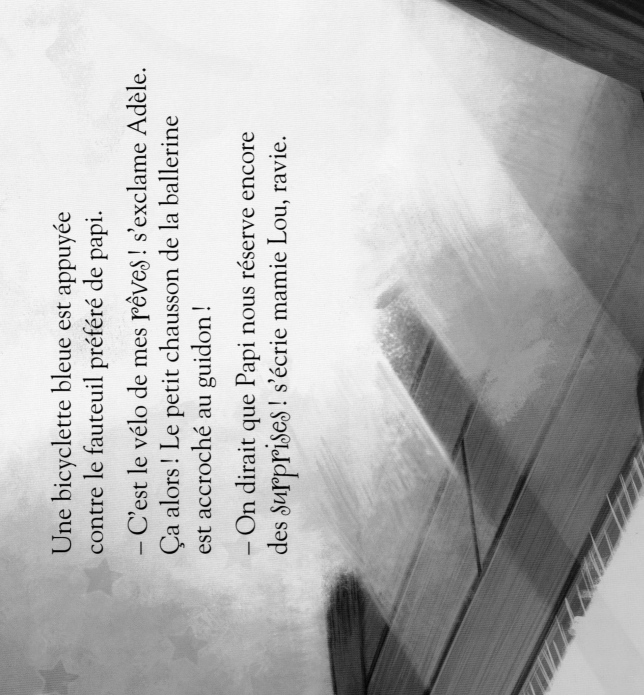

Une bicyclette bleue est appuyée
contre le fauteuil préféré de papi.

– C'est le vélo de mes rêves ! s'exclame Adèle.
Ça alors ! Le petit chausson de la ballerine
est accroché au guidon !

– On dirait que Papi nous réserve encore
des surprises ! s'écrie mamie Lou, ravie.

Tout à coup, Adèle remarque une petite boîte qui trône sur le coussin du fauteuil.

– Qu'est-ce que c'est ? s'étonne-t-elle
en la tendant à mamie Lou.
Celle-ci ouvre la boîte. Les yeux embués, elle murmure :
– Mon geai bleu… Papi m'avait offert cette broche
pour mon vingtième anniversaire.
Je croyais l'avoir perdue !

À cheval sur sa bicyclette,
Adèle affiche un grand sourire.
– Mamie, n'est-ce pas merveilleux ?
– Oui, c'est merveilleux…
comme la magie bleue !